photos & poems

このずるい僕を許して

茂木 千恵美

Chiemi Mogi

文芸社

はじめに

　　　　私は詩を書く
　　　　私は写真を撮る
いつも何かにおいてけぼりをくったような気分で
　　　雨も　空も　夜も　ひとりも
　　　　そのままを見てきました
　　　嘘をついた私も　そのまま
　　　　　それでも足りません

　　　世界は私のものにならなかった
　　　　　　そしてこの涙は
　　　　世界のどこかに落ちてゆきます

　　　　　　私は形となって
私を確かめることができるものが欲しかった

　でも　それほどの度胸もなく　　たぶん
　　　　これからもこんなふうに
　　続けていくのだろうと思います

　　いつまでもあなたは遠いけれど
　　　　ありがとう　をこめて

口を十字に結んでいたら
(誰にもしゃべらずにいたら)

この望みは叶うのかな

めまいがするほど
陽射しを浴びて

昼を昼として
生活にもどす

恐縮ですが切手を貼ってお出しください

東京都文京区
後楽 2-23-12

(株) 文芸社

　　　　ご愛読者カード係行

書　名					
お買上書店名	都道府県		市区郡		書店
ふりがなお名前				明治大正昭和	年生　　歳
ふりがなご住所	□□□-□□□□			性別	男・女
お電話番号	(ブックサービスの際、必要)		ご職業		
お買い求めの動機 1. 書店店頭で見て　2. 当社の目録を見て　3. 人にすすめられて 4. 新聞広告、雑誌記事、書評を見て(新聞、雑誌名　　　　　　　　　)					
上の質問に1.と答えられた方の直接的な動機 1. タイトルにひかれた　2. 著者　3. 目次　4. カバーデザイン　5. 帯　6. その他					
ご購読新聞		新聞	ご購読雑誌		

文芸社の本をお買い求めいただきありがとうございます。
この愛読者カードは今後の小社出版の企画およびイベント等の資料として役立たせていただきます。

本書についてのご意見、ご感想をお聞かせ下さい。
① 内容について

....

② カバー、タイトル、編集について

....

今後、出版する上でとりあげてほしいテーマを挙げて下さい。

最近読んでおもしろかった本をお聞かせ下さい。

お客様の研究成果やお考えを出版してみたいというお気持ちはありますか。
ある　　　ない　　　内容・テーマ（

「ある」場合、弊社の担当者から出版のご案内が必要ですか。
　　　　　　　　　　　希望する　　　希望しない

ご協力ありがとうございました

〈ブックサービスのご案内〉
当社では、書籍の直接販売を料金着払いの宅急便サービスにて承っております。ご購入希望がございましたら下の欄に書名と冊数をお書きの上ご返送下さい。(送料1回380円

ご注文書名	冊数	ご注文書名	冊数
	冊		
	冊		

君の　弱く　甘い
睡眠薬は
やっと僕をねむらせる

思い通りに
ならないことばかりで

　　　あの人も　あの人も

　　　もう少しで
　　　嫌いになるところでした

僕の　目の
構造の中に
　もう
君が組みこまれて
いるから

君がいなくても

僕には
君がどこかそのへんに
いるように
見えるんだよ

すごいだろ？

君を　励まそうと思って
ドアを開けた
部屋を出た

あっ　チャリの鍵　忘れた

まぁいいや
走っていこう

心は目に見えないから
　青空や
　夕暮れや
　　朝日や
　　　風や
人の姿に
のりうつって

僕に教えてくれる

思い出より　記憶

氷水のように
静かに　冷えた

コンクリート道の
日陰

　　　　　　　輝いているものばかりが
　　　　　　　美しいのでは　ない　と

時間(トキ)が
僕らを
強くする

ごうごう　と　吠えている
夜の風が

雨達を連れて

僕らを隔てようとしてる

決心

　明日も笑おうと
今まで　うまくやれていたんだ

　明日なんかで
　こんな時で

ばれてちゃ　何にもならない

　　もっとずっと先の明日に
　　僕らは泣いていいんだ

夕空に
　壁より 返る 君が声
　　我を背 より
　　　抱きしめにけり

この夕空に、君の声が壁にはねかえってむきあっているのに、背中から抱きしめられているみたいだ。

「じゃあ　また」

　　なんて　余計な　コトバを
　　つけてくれる人だ

　　君って人は

夢の中

君と僕は
恋人同士

　どうやって
　恋人同士に
　なれたのだろう

　　　　　バクに食べられた　夢の　欠片

　今の僕が
　一番見たい場面

この　ずるい僕を　許して
君から話しかけてくることなんて
あるだろうか

近況報告をして
弱音を吐いて

電話を　きった

辛かったけど
そればかりでは
ないような
気がしてきて

手紙を書いた

今日の　帰り道
買うものの　リストを
　紙にかく
　　忘れないように

そうやって
君のことも覚えていよう

Profile * 著者プロフィール

茂木　千恵美（もぎ　ちえみ）

1979年（昭和54年）静岡県沼津市に生まれる。
高校卒業後、現在千葉大学教育学部在学中。

この　ずるい僕を　許して

*

2000年7月3日　初版第1刷発行

著者／茂木　千恵美
発行者／瓜谷　綱延
発行所／株式会社　文芸社
〒112-0004　東京都文京区後楽2-23-12
電話　03-3814-1177（代表）
　　　03-3814-2455（営業）
振替　00190-8-728265
印刷所／株式会社　フクイン

©Chiemi Mogi 2000 Printed in Japan
乱丁・落丁本はお取り替えいたします。
ISBN4-8355-0401-1 C0092